时间的影子（代序）

高　岭

人对生活的感受总由记忆堆积而成，以至于我们的过去有多漫长，未来就有多短暂，时间越来越快。人难于拒斥的正是记忆，其中，让心灵久久难平的是情感。

近二十年前，兴亮与我在成都九里堤畔的西南交通大学校园里相遇时，我并未意识到诗歌将给双方带来交错、相异的人生轨迹。

对我而言，他是我诗歌的启蒙者与引路人（我尚能忆起看到他的诗《一潭清纯静谧的水》时请教他“谧”怎么念一事）；对他而言，我是短暂的、略显病态的文学狂热者。他的开朗、热情与活力转变为对互联网世界的敏觉与深情拥抱，而我则在自我探寻的生活中成为故步自封的旁观者。

能够维系我们不在人海中失散的只能归于“往事与情感”。太多共同的记忆，青年的忧郁、欢乐与迷惘，在彼此头脑中重叠。假如抛开性格，寻找共通点的话，兴亮与我都是重感情的人。这大约也验证了所有文学艺术所共有的特征：人性。没有这一点，生活必是苍白而可疑的。

从初中开始写作并发表作品，诗歌就在兴亮的内心享有崇高的位置，尽管多年来在喧嚷的事务中他早已无暇将太多的时间放在写作上，但诗歌仍是他心灵可以停靠、稍事休息的港湾。

与那些经过多年自我说服且渗透着大量阅读和思考的诗人比较，兴亮的诗歌呈现出个人成长的完整性与阶梯性。即从少年时期的懵懂，到青春时代的激越，乃至成年后的开阔，诗人的肖像不断变动并走向成熟，其中镌刻着各时期生活的印记与最重要的情感历程。

在我的记忆之中，仍记得他从交大眷诚斋同一楼层的宿舍里跑来让我阅读他的那首诗《我在你的窗户下徘徊》：

昨夜
我徘徊在你的窗下
一扇紧闭的窗户下

我把爱情和忧伤
挂在那扇窗户上
以及我
模糊的怅惘

灯光
把那熟悉的长发
柔柔地甩在窗户上
月光
把我徘徊的身影
重重地按倒在地上
拖了好长　好长

记忆是一首歌

刘兴亮诗选

刘兴亮　著

山西出版传媒集团　山西教育出版社

图书在版编目（CIP）数据

记忆是一首歌 ：刘兴亮诗选 / 刘兴亮著. — 太原 ：
山西教育出版社，2020. 11
ISBN 978 -7 -5703 -1138 -5

Ⅰ. ①记… Ⅱ. ①刘… Ⅲ. ①诗集—中国—当代
Ⅳ. ①I227

中国版本图书馆 CIP 数据核字（2020）第 116775 号

记忆是一首歌·刘兴亮诗选
JIYI SHI YI SHOU GE · LIU XINGLIANG SHIXUAN

出 版 人 李 飞
责任编辑 许亚星
复 审 海晓丽
终 审 李梦燕
装帧设计 宋 蓓
印装监制 蔡 洁

出版发行 山西出版传媒集团·山西教育出版社
（太原市水西门街馒头巷 7 号 电话：0351 -4729801 邮编：030002）
印 装 山西人民印刷有限责任公司
开 本 720 × 1020 1/16
印 张 11. 5
字 数 103 千字
版 次 2020 年 11 月第 1 版 2020 年 11 月山西第 1 次印刷
书 号 ISBN 978 -7 -5703 -1138 -5
定 价 46. 00 元

那扇窗户里
深藏着的是我的青春

我甚至知道这扇窗户是属于哪位女生的。对兴亮而言，他很难成为一个不参与行动、纯粹旁观的叙述者。

所以他曾开玩笑地说，自己失恋多少次，就写了多少首诗。对于爱情，他同样不乐意做一个见证者，而是要积极参与其中。他对待生活与事业亦顽强而乐观，到什么环境里都能风生水起。就如他在《象棋 A B C》中所写：

观棋不语真君子
我乃君子
我仍喜欢观棋时旁语

这种幽默与豁达的性格为他的生活镀上一层易于与人亲近的色彩。他大学时期所写的“侠客行”系列说明了艺术与游戏所具有的相同特征，《哦，岳飞》与《骑着马的成吉思汗》表现出了一个少年的英雄情结。他是那样活泼，富有行动的信念。因此他生活可观的面貌，均是从生活中抽象而成的。这与简单耽于文学幻想的人迥然相异。

当然，从他大量诗歌的轮廓来看，感情生活才是触发其写作的重要源头。甚至可以说，他的每首诗都是对时间、记忆、爱情的整体挽回。其中不乏优美而易于传颂的句子：

每当我思念你的时候
我便开始孤独
孤独是一种病
使人憔悴　使人呆滞

使人逐步退化为时间的影子
……
——《孤独的思念》

他的生活与写作整个地为自我的情感所渗透，大多是明确的，嘹亮的，而非暗示性的。爱情、思念、伤痕等词语是他的诗歌中出现频次最高。外倾的、移情的冲动压制了抽象冲动，他急切地要占有和欣赏事物的意义。他的哲学里包含着爱情的哲学，时间单元也被众多情感与回想所切割。他对爱情的不懈描述与吟咏代表了一种比人的情欲更深沉、更难忘的经验，是对现实的补偿与调节。

这当然带来作品质地的两面性，一面是语言面貌的清晰和审美感受的明确，感知重于联想，符合表现主义的美学观点，美就是情感的成功表现，直觉决定了最后的形式；另一面是与同时代写作者的疏离带来的修辞与形式的相对单一，这种相互制约的缺乏，导致他不愿从外部与词语相遇进而拆解，而是沉浸在个人熟识的意念中——可反过来，好的作者又总是旁若无人，独自行进的。

甚至于，从他的作品中还能够看到汪国真与席慕蓉的影子。一个表现情感的人，其活动就是对自己情感的探索，但是他没有远离那种对情感命名的陷阱：

无数个不眠之夜
都化成对你的思念
虽然近在咫尺
却不敢把你依恋
……
——《思念》

既然　选择了黑夜
就不再徘徊
何需等待
黎明的到来
……

——《不再徘徊》

有段时间，我对他诗歌中刻意押韵的手法进行了“批判”，故此，他很快写出了《终点》这样思考性的作品。

从那时起，他的作品出现了变化，其中浸淫着一段时期的思考、迷惘与激愤，理性的成分加重。《过去只是一种经历》《香烟和爱情A到Z》《无题》《同样的错》《黑暗》《演戏》等作品均隐含着静思与反省的成分，也具备浪漫主义伴随着的自由与激进。艾伦·泰特所说的诗歌语言中内涵与外延之间的张力显现了出来，比如《孤独》中写道：

每一次
走在宽阔的马路上
看到上班下班的人群
涌满道路向前流动
心头
便涌出无法名状的孤独

这种孤独
远比晚上一个人待在空荡荡的办公室
更加孤独

但随着后来全身心投入互联网的事业中，这种势头被压了下来。他大约等不及在文学上大展拳脚，而投身到时代弄潮最前沿去了。以至于在社会生活的层面上，我远跟不上他的步伐。

他对生活的强势拥抱与热爱，令我想起莎士比亚描述的那些地地道道的世俗生活的场景，一个傲慢社会的夸张形象。而这些，对我而言是难以完全理解的。如果艺术本质上也归于一种社会活动的话，在这一点上，兴亮已然走在了前沿，他只是跑得太快了，顾不上停下来整理细节。

另外就是，兴亮的诗歌中隐含着唐诗宋词的影子，这是很多当代诗人与其说有意忽略不如说缺乏基础而造成的硬伤。与这些人相比，兴亮身上映照着传统与现代的双重影子。

要知道，每一时代的思想，一方面来源于传统教育，一方面来源于促成现实发展的意识世界。两者同样不可或缺。而他的作品中不经意间流露出的传统诗词那种精练隽永的词汇特征，或许正是他的诗歌写作难能可贵的一面。如在《秋》中他写道：

哪知树枯叶落雁南飞
秋风秋雨秋景色
每到秋来
藕断丝连总是愁

萧索零落的景色从文字间跃起，如在眼前，余韵不绝。同样，在《雨夜》中他写下了如下句子：

怕只怕，春归人未归
独自寝
夜雨百年心

读到这样的句子你是否顿感凄美与哀愁。是的，兴亮是热烈的，但对于他内心的哀愁，或许我可以从诗歌中略微窥见。多年来，尽管彼此生活与工作的轨迹不同，但当我们相聚时，总还能从彼此的眼睛里读到真诚与信赖。这是生活的赐予！

弗洛伊德说，艺术家只有经历了深重的罪恶，才能达到道德的最高峰。就此而言，我们还停留在诗歌最初的试验田里，如同孩子来回眺望四周的风景。对于这浩瀚的世界与深邃的人生，对它的描述最终不能体现于言辞，而只能体现于沉默。

在此之前，诗歌仍旧是爱恋、宽慰、谅解的唯一寄托。

目录

第四辑 | 寻找丢失的心情

第五辑 | 镜子

第六辑 | 点在心中的灯

第一辑／夏日的午后

夏正在远去。打动我们的
是秋天的黄色田野
在一些不可预知的时刻
蜘蛛、蔷薇和一些不可预知的事情
尚未出发便已陷入重围
狼奔豕突　无法自拔
是谁把自己逼得跟天空一样高远
又跟命运如此接近？

——节选自《夏日的午后琴声悠扬》

互联网的两面

是什么
让一封手写的
书信
成为奢侈品

是什么
让曾经夜话的
围炉
变得死寂冰冷

是什么
让对面坐着的
夫妻
交流鸦雀无声

是什么
让曾经眷恋的
书店
变得无影无踪

几部手机
足够使满座的
亲朋
变得陌生

一张网络
就能将你我的
关系
化为朦胧

是的
你在那里
不到两步的间隔
我却感觉
有跨越整个地球
的距离

互联网20年
你我
咫尺天涯
对网络爱恨交加

暴雨行车

暴雨，在车外冲来冲去，
雨刷，在飞速摆来摆去。
密集的雨点，凶猛地来袭，
拷问着爱车，打湿了思绪。
夜已躲避，鸟已远去，
缓缓的车辆，航行在水里。
粗暴的雨啊，把城市粗暴地荡涤，
四环的积水，彰显它疯狂的威力。
蜗牛似的车速里，我忧郁叹息，
乱花般的双闪中，已没了脾气。
后视镜中的自己，寂寥又恐惧，
困惑、焦虑、压抑，
归家的欲望，向我步步紧逼。
望着满城的车流，以及车窗上猛烈的雨滴，
我用尽了努力，却仿佛没有了气息……

终　点

终点是我们出发的地方
——T.S. 艾略特

1

在某个隆冬的季节
我迎着刺骨的寒风走向前方
在南方的某个名城
几经周折　找了个落脚的地方
一束紫色的白萝卜花和甘草、芍药
就这样迎来了人生的第一个句号
也有人说　那意味着终点
也有人说　终点是我们出发的地方

2

从地狱出来
也是离开心中圣地的城
道路只有一条
成千上万的人从岭上踏过　抬头仰望
这是烈火与青铜的艺术
那些年轻的液体从这里迈过去

3

窗外什么也没有
而你从某个楼梯下蹒跚而来
脸上布满蜘蛛网和泪水

袖口掉了　第三颗纽扣只剩半截
躯体在苍穹上汇聚
洪水和烈火在神的头上倾注
点燃日和夜
看到蒙昧的你
黑夜　痛苦的枝节撕开神的门窗
猛烈地撞击我的胸口

4

风吹过草原　我们两眼迷茫
羊群在最后一丝烛光中
遭到女巫炽热的放逐
一滴水成为绝迹。一只鹳鸟在
吃灰土的蚯蚓积下的粪便
一株嫩弱的狸儿草，一个在盛典中
将振翅翱翔的羽人。一只白头鸟
攥树为巢。轮子和狐狸
都在狂嗅没有死者的地方
恍惚的树影，一步一步走向灵魂深处

5

使他们误入其中的这座城市
如同陆地上曾经沉默过的碉堡群
来自海洋的波涛，城池的水
在前方叫了一声，悄息地退去
非人间在无序中把陆地倒在我们怀中
经历焦心的火焰，丑陋而聪明的地灵
迟早我要我植在这星空下的任一地方

6

我退守在最后一座碉堡里
强忍着地平线的割痛
脸挂微笑、渴望和死亡的声息
前额凸向远方
我梦见望穿时空的迹象
越过屋宇
停留在出发的地方

夏日的午后琴声悠扬

夏日的午后琴声悠扬
一幅图纸前的一个男人
毫无来由地却嗅到了致命
流星电闪般地划过天际
最后停止在
布满了异物和人类的土地
一个男人把头埋在图纸里
喃喃细语　诅咒着
是谁湿漉漉的双手
琴声竟这样意外

灌了满满一杯冰水入肚
拨了一个或许根本不存在的号码
我说我好像是有点烦
她似乎就讲了一个黑色笑话
“怎么样，好笑吧?”“好笑，太好笑了。”
然后就听到自己似乎豪放似乎干巴的笑声
“哄哄我吧!”“乖宝宝，乖，别哭。”
然后就听到了一些声音
有琴声，有笑声
似乎还有了叮当的银质铃声

现实落入灵魂的陷阱徒然挣扎
不知名的猎人扣动了扳机
一只失神地望着天空的兔子

一个目光呆滞的盲人

我深陷在一个声音里
苦苦地回想笑话的内容却终无结果
“好听吧？”“好听。”
好听的是笑话？是声音？
眼前晃动的是泉水？是喷泉？是瀑布？
耳畔的琴声依旧悠扬

夏正在远去。打动我们的
是秋天的黄色田野
在一些不可预知的时刻
蜘蛛、蔷薇和一些不可预知的事情
尚未出发便已陷入重围
狼奔豕突　无法自拔
是谁把自己逼得跟天空一样高远
又跟命运如此接近？

一个琴声悠扬的夏日午后
我却深陷在秋水里
聆听着秋风挥洒着秋雨
无所事事地终了一生

春　天

红梅笑傲了一个冬季
已渐渐老态龙钟
失去了往日的风采

新绿在不经意间
向人们展示出
明媚的娇态

是春天又回来了吗

蝴蝶什么也不想
只向那
黄花的深处飞去

过去只是一种经历

每当忧郁弥漫之际，一位徐姓哥们常常这样劝我：过去只是一种经历，而不是一种负担。我坚信，这句话将伴我走过一生。

——题记

清晨
从黑暗中爬出便有一丝醉意
看看那堆杂乱的书籍
心中就充满忧郁

双眼显得如此这般疲倦
疲倦得不想再多看一眼
没有春风撩拨的心弦
没有夏阳温暖的脊梁

有的只是冬日的恹阳
　　和阳光下的忧郁
有的只是昨夜的酒瓶
　　和酒瓶里的忧郁

此时，就在此时，往往就在此时
黑幕静静地笼罩着的唯一的一盏灯
被点燃了
那是一位徐姓哥们

它是一种心情
是石头的重量
是往高处生长的树
远方越来越远
声音愈发低无

日历毕竟已翻到了今天

清晨下，有摇动的水草和
游泳的鱼
过去，亦曾拥有过
欢乐的声音和闪耀的色彩
也有过画出的笔直的直线
　　和浪漫的弧线

这，比经历一场战争
更可怕
风
从一截树桩到另一截树桩
从一条河道到另一条河道
不停地
呼啸、撕扯、冲撞

翻过一座又一座山
人和历史一起前进了
山还留在原来的地方
它只能留在原来的地方
记载着你曾经的踏过

过去只是一种经历
而不是一种负担
多么可爱的徐姓哥们
多么可爱的话儿

也许，只有在辨清了历史与文明之后
我们才能用大写字母
拼写徐姓哥们的那句
经典中的经典

象棋 A B C

A

下棋的对手
最好不要找肚里能撑船的那种

下棋的乐趣
莫过于抽了对方一个车后
欣赏对方的表情——
额上青筋根根饱绽
两眼发红　刀子般死盯着棋盘
抓耳挠腮　长吁短叹

此时
你尽可以悠然地点燃一支香烟
看着烟圈袅袅地在空气中攀升
静等对方
或悔棋　或交棋
当然　心里还是希望对方来悔棋
因为又可欣赏对方悔棋时的表情
类似于第十三次向同一个人借钱时的那种

否则
即使赢了棋
也有遗憾

B

在中国，象棋就好似太极拳
老幼妇孺都可对付那么两招
无论何地，棋盘一摆
便是一番龙争虎斗

下棋的最佳地点
应该是小道旁，林荫下
江湖中真正的武林高手
从来不屑于擂台上的争夺

C

观棋不语真君子
我乃君子
我仍喜欢观棋时旁语

我乃君子
所以我不能眼看马失前蹄身陷泥沼
　　而漠然处之
我乃君子
所以不能目睹汽车抛锚客死他乡
　　而袖手旁观

我乃性情中人
怎能在楚汉直杀得狼烟滚滚之时
　　仍能心静如水
我乃直爽之人
怎能把骨鲠堵在喉下而不吐为快

所以我仍观棋
所以我观棋时仍喜欢旁语

雨　夜

风飘飘
雨潇潇
灯已灭
人却依旧辗转反侧不自消

听窗外雨打芭蕉
听夜间风吹树梢
又吟出几首断肠心焦

朝朝笙歌朝朝奏
百年间却有限的风流
秋夜凉如水
无情岁月相催

秋寒雨夜独自眠
雨声点点浮想翩翩
怕只怕，春归人未归
独自寝
夜雨百年心

汉唐时代

汉唐衣冠　宛如
书中仕女们浅浅的笑
窸窣衣裙裙带飘风

云髻高鬟
彩裙罗衫
一阵衣香袭过如行云流水

条几当桌
席地而坐
大碗盛酒大声吟歌

发髻高挑
长袍及地
转身撩起长袍坐轿而去

几碟小菜
二斤烧酒
即兴而至酒肆墙上挥毫一首

春日凝碧
春日凝烟
浓荫深锁着千年的秘辛

秋

谁道闲情抛掷久
每到秋来
惆怅还依旧
孤雁振翅南去
落叶随风而来
江上老翁独钓寒秋
夜来秋虫哀鸣不绝

几片孤云何处去
已到寒秋
处处知劲风
人道天凉好个秋
哪知树枯叶落雁南飞
秋风秋雨秋景色
每到秋来
藕断丝连总是愁

致家乡黄河

从远方混沌
流淌来沉重的叹息

身体日渐侵蚀
似水流年
终于
你像个男人似的发出叹息

叹息声中
你可否记得
那个
坐在大石上望着你
呆呆地出神的小男孩

而当我又萦回于那往日的梦迹
似乎又找到了逝去的青春
那奇异而又美妙的歌

可是伤痕
你看那伤痕
永不会痊愈了
似水流年中
成为胎记
在往生的路上
如花开落

使人人可以辨认

当忧伤的日子
孤独而去
你是否想过
用肉身
可以赎回
灵魂美丽的罪过

夏　日

知了不间断地叫着
四周
没有回声

一个人在柏油路上走着
四周
没有影子
夏日真盛大

致探索者

你走得很远
常行在人迹罕至的地方
抬望眼前是天国的幻影
回首是地平线
　　和一双沧桑的眼睛

冬

一阵寒风呼啸而过
冬天
被吹到了高空

我躲在了
衣服的后面
用衣领挡住了整个世界

冬日无故事

冬日无故事
添一把炉火
想着山那边
　　云那边的故事

高山巍巍
白云悠悠
山那边
　　该是桃李争春了吧
云那边
　　该是柳笛声声了吧

想着山那边
　　云那边的故事
添一把炉火
冬日无故事

黄 昏

夕阳
徐徐地降落到地平线上
余晖反射在天空
把晚霞染成一片橘黄
呵，明朗的时光正在消逝
黑暗就要来临
柔和的黄昏啊
你为什么总是叫人忧伤

昏黄的世界
苍茫的暮色
在天涯游迹的浪子
背对夕阳
人影相吊
这一刻
心如残阳
残阳如血

冷　风

冷风中
你独自彳亍着
缩在衣领里的头
深深地低着

一片树叶
在冷风里
无奈地打了几个滚

你看到了吗

一只尚未来得及南飞的大雁
凄凄地哀鸣着
低低地飞过

你听到了吗

又一阵冷风吹过
你衣领竖得
更高
头埋得
更低

哦，岳飞

哦，岳飞
你真的从风波亭远逝了吗
这么多年了
我还一直只能仰视你

哦，岳飞
我看到了　看到了九泉之下的你
仍怒睁虎目
是啊　又怎能瞑目呢
眼看着在颍昌、郾城一带就要聚歼金人
却一连接到十二道金牌
含恨离去

然而更想不到的是
这一去　却再也不能回到开封
莫须有　莫须有是什么罪名呢
一代英雄　早早地离我们而去
那一年　英雄只有三十九岁

岳武穆啊岳武穆啊
你不是自幼熟读兵书了吗
难道不知：
　　自古未有权臣在内
　　而大将能立功于外者

九泉之下的你
看着宋朝一步步走向深渊
却只能在酒酣饭饱之际
向儿孙讲一讲
如何破金“拐子马”“铁浮屠”的神话
也许偶尔也会带着异样的神情
想一想镇压钟相、杨幺

靖康耻　犹未雪　臣子恨　何时灭
岳将军　别再高吟了
一切就让它随风而去吧
看看人家秦桧
收拾旧山河　又开始新一轮的享乐了

有遗恨也好　有余憾也罢
你就安心去吧
这一生　无愧于令堂
喊着你的小名“鹏举”
在你的背上刻下的那四个字
精忠报国

骑着马的成吉思汗

在远方　在群山之中疾驰若飞
像晴朗的天空中划过急促的雨点
清脆的蹄声
尘土中　是一串灼热的高亢

冬天的手指
捏碎坚硬的弯弓
箭尖所指
遍地滴血的大雕

策马　扬鞭　再策马　再扬鞭
甩掉所有的山峦和树林
马鞭一挥
就是一个云吞雾吐的帝国

骑着马的人日行千里
骑着马的人用马鞭说话
它策马奔驰的方向
是一道深邃的目光

隐　痛

风　终于结束了
最后一次例行公事的游行
空荡荡的巷子里
又是死一般的寂静

残阳　终于躲在了
一块巨石的背后
光秃秃的山顶上
又是黑黝黝的沉默

你　终于低下了
那颗高傲的头颅
在游荡的风中
在如血的残阳下

你漫无目的地彳亍着
在没有尽头的空巷里
昨夜的钟声
在你心中又敲了十二下

夏天，在雨中

如此茂密的夏的翠枝
一天天地疯长起来
我却盼望着晴朗
但每一次雨打纱窗
我总有预知的回响

虽我心中有雨滴
夏却茂密
在雨中
每一次雨后更清冷
枝条舒展而青翠
夏就这样伸出长枝
揽入怀中
等待雨季来临
心中有雨滴

心中有雨
心中有雨滴
就会对夏更多了一分渴望
夏也每次总会如期而至
带着小雨
于是
就感知青春的繁茂又增加

心形的叶子如手掌

心中的雨滴如手心
百树低垂
百花眷恋
敲我纱窗
有人说：雨季是夏日的希望
我也曾如此渴望

然我心中有雨滴
在心中
在手心
在那被踩响了的子夜
像一种纯净的回响
敲打着夏夜的寂寞

第二辑／被爱情手指滑过的伤痕

我对爱情的注脚
变成一个感叹号，那天夜里
我终于打开那只樟木箱子
装作
顺手的样子，丢了进去

在这个你的不归之夜
我把爱情贴上了商标，沿街叫卖

空洞无物的眼神
只留意到被爱情手指滑过的伤痕

——节选自《被爱情手指滑过的伤痕》

被爱情手指滑过的伤痕

夜，从我的背后闪过
在诗人的眼里，是一道云的阴影
而我，仍沉醉在夕阳的光彩中
欣赏被爱情手指滑过的伤痕

一只用过很久的杯子
失手打碎，因为一个生命的到来
而我甚至连碎片都没有整理

在长途电话的那头，莺歌燕舞
电话线，白色的，黑色的
是谁，伸出了颤抖的手
手里拿的可是剪刀？

幻想的光环总是跳动着内心的欲望
几个月里，可曾有过停顿？
哪怕是简单的一瞬

我对爱情的注脚
变成一个感叹号，那天夜里
我终于打开那只樟木箱子
装作
顺手的样子，丢了进去

在这个你的不归之夜
我把爱情贴上了商标，沿街叫卖

空洞无物的眼神
只留意到被爱情手指滑过的伤痕

妹子说今晚一起喝酒可好

收到妹子发来的信息
她突然问
今晚一起喝酒可好

这个妹子啊
这条信息啊
你可让哥哥我如何是好

如果我只是贪图你的美貌
我一定会回复
好啊好啊
挽着夜色激动地奔跑

就连刚长开的小男生都知道
男女之间不喝酒
那真的是一点儿机会也没有

可是妹子
我是真心地喜欢你啊
虽然梦中也曾出现过
咱俩翻云覆雨共赴云霄

但我还是
不愿用把你灌醉的方式
因为我怕喝着喝着

我就管不住子丑寅卯

所以我只能回复
今晚有工作太不巧
我不仅真的有工作
工作还真是不少

该死的工作啊
还真是不少
不管妹子你信不信
我自己反正是信了

另类的相逢

这次的你
许是多年前的
那段山路的延伸
挂在记忆中的旖旎
还是让我欣慰
毕竟相逢了

一种另类的相逢

不想山是否仍旧是山
路仍旧是路
曾经
目送你的身影
渐行渐远
直到
碧绿的椰林掩去了你
直到
夕阳模糊跌入山谷

那一次的相别
谁人料　竟是
诀别

四五年前
抑或是七八年前了吧

谁人又料
竟然与你的前世
又或是后生
以这样的形式
相逢

朋友啊
可曾记起我
还是把我遗忘
或者根本没有邂逅你的
今生

也许有一天
当山风终于唤醒你
恋别的回忆
才发现，初相见
情谊清澈如水
才发现，再相逢
你已醉卧梅林

雾中的你

就在这样的下午
你幽幽地站立
雾中的你　忽隐忽现

我推开窗
雾扑面而来
目光却捉你不住

柿子叶　微泛绯红
你说
你就是树下的那个红衣少女

依稀间
笑靥绯红　衣摆微现

我看到了北国的风光
以及南国的村庄
小溪在涓涓流淌

你站立着
把整个下午
就站立成忽隐忽现的一团雾了
我跳出窗外
奔跑着
深一脚　浅一脚

喃喃不休

七月的雨水　清冽的夏日花朵
往日的回忆在一一呈现
连日的雨神　车队般缓缓行进
闪电和雷声
似乎七月的这样一个早晨

芙蓉
在芙蓉花盛开的地方
静静等待你的是一个
长长的走廊
走廊的尽头，是谁
按动了慌张的手机

还是那样一个夜晚
那样一个酒吧　那样的雨声
那是谁的歌声
送来玫瑰巧克力的又是谁
是谁又单膝着地　喃喃不休

往事被削成陀
置于现实的中心
记忆的旖旎下　旋转　嘶喊
展示眩晕颤抖的一生

七月的一个节日

节日的早晨　早晨的灯光下
一切都颤动起来　温柔和
更温柔的　无声的雨中
悸动声此起彼伏

雨云之下
多少悸动的纯粹的美
如同栀子花瓣　使天空
渐渐生动
我便和一只黄莺鼓动的双翼
在幸福的眼眸中　轻轻
呢喃歌唱

我分明是看到了什么

时间：一个很平常初秋的夜晚
地点：多年来一直习惯去的一个地方
人物：活着的男男女女
起因：为了一个共同的目的或欲望而约好同去了上述地点
经过：在一个可有可无的藉口的遮掩下……
高潮：无限之生的有限偶遇里的惊鸿一瞥
结果：我分明是看到了什么

是的
就在那一刹那
就好像在一顿饭吃到将饱未饱之际
突然想喝点什么的一刹那
我　惊鸿一瞥了

惊鸿一瞥之后
就呆了　毫无来由地呆了
是那样的毫无来由
事先没有任何征兆

那时
哪怕是有一只蚊子能够“嗡嗡”的叫一声
即使是那么若有若无的一个声音

一些男男女女在空荡荡的大街上裸奔
一些男男女女在宽大的床上蒙头大睡

一些男男女女在压抑地叫喊着什么
一些男男女女在吃吃地笑着

就在那一刻
我分明是看到了什么
虽然它们被严密地罩着
虽然它们……

我在这里被“爱”过了

不停地交叉换位着的
　　被紧身裤紧紧包着的美腿
上下晃动着的皮鞋的细长的高跟
舌尖进进出出的软软的唇
有意无意间心旌摇曳的媚人眼神

一个四五点钟左右的傍晚
一个将吃却未吃的晚饭前夕
一个蠢蠢欲动欲罢不能的我
一个非常美妙非常美妙的地方

就在一些画面与声音交织着的
　　主观世界里
电闪雷鸣山清水秀的一刹那
我却看到了发生在
　　公元75年前的一个场景
　　那是代表繁华与放荡的庞贝古城

在离那个著名的斗兽场不远的一个地方
一位女子
在欢愉之后走出了自己的房子
在附近的石头墙上刻下了这样的话

“我在这里被‘爱’过了”

红　豆

南国独有的相思
年年结满枝头
撷下晶莹的寄托
圆满了一个古老的幽怨

记得那个唐人的初恋吗
红润得透红的绝句啊
浓缩了多少淡而隽永的温柔
一声跌落下千年的咏叹
哦
道是休时犹未休

一只羽毛美丽的相思鸟
从远古清明的细雨中飞来
落花时节的呼唤
一声声
把塞北对江南的思念
把柳林对离石的思念
尽唱在亦近亦远的清丽的歌喉

从李商隐《无题》的诗中飘过
牵系起李后主眷恨悠悠……
月白风清里，
莫辜负苏东坡蜜词旧曲；
酒醒梦回时，

重忆起李清照窗外的绿肥红瘦……

知否，知否
沉甸甸的相思
有几次失落在电话这边短暂的沉默中
知否，知否
一颗颗的红豆
一次次地落进了那似梦非梦的潮润的回眸

斗转星移
山崩地裂
春暖花开时　却总要
发那么几枝
我悄悄地对你说
这是
永恒的相思

千年爱情

我曾经去过寺院
虔诚地向上苍叩问

我的爱　是否
是一个过错

佛说　与你的结识
是为了一段前世未了的因缘

既然是这样一种造化
我就愿意　把这份爱向你倾诉千年

倾　诉

倾诉
对我所怀念的人
一遍遍地
夜裹着夜　又黑又冷又深
又是雨又是风
思念藏着思念　又乱又散又长
又甜美又凄凉

我独自去都市的大森林
风吹散我的思绪
雨浇透我的肉体
都幻成了梦境
梦中有乌云、小鸟和妇人
小鸟揶揄着乌云
妇人吃吃地笑着

我吃了半夜白酒
身体仍在瑟瑟地发抖
我走一步滑一步
身体摔倒如断木

此时
你突然停止了倾诉

我所怀念的人睁大了眼睛

愈迷茫愈苍凉

她脆弱的心灵
苍白如蓝天中的一片白云
她纯情的想象
旖旎着每一片蓝天中的每一朵白云
她的气息
有如游丝一缕

这时
风在雨中　云里夜里
你高呼着我的名字
我便在野外吹起口哨
对我所倾诉的人
倾诉又倾诉

思　念

无数个不眠之夜
都化成对你的思念
虽然近在咫尺
却不敢把你依恋
就连眼睛的爱抚
也要进行旁辨
于是
这种辗转反侧的缠绵
被带回到梦中
成为我梦中唯一的醇甜

画你，画你

先画头发　乌黑的头发　如瀑
再画眼睛　清澈的眼睛　如水
再画
再画　再画

一个假日的午后
我捡了根带着叶子的树枝
饱蘸着蔚蓝的海水
在潮湿的海滩上
画你

一个晴朗的夜晚
我从亚热带森林中拔起一棵松树
蘸着阿拉伯油田中的石油
用心火点燃
在黑色的夜幕上
画你

一个没有入睡的早晨
拿起心笔　用颤抖的双手
在微闭的眼皮上
画你

当我画你的时候
我便虚拟成一个感叹号
这个叹号
一直在画你
画你　画你

坐　姿

这是谁的坐姿？这美丽而撩人的坐姿。
这座椅为谁而设？为你——
爱与美的女神以及秀丽端庄的你。

是海吗？这么宽容而又飒爽的笑靥，
更兼拥有海夜深人静时的呢喃——
要知道，是没有人能够拒绝海的，
只能赤裸着脚丫任由海一遍遍地抚摸。

是云吗？这么飘逸而又超凡脱俗，
更兼拥有云那份淡淡的感觉——
要知道，是没有人能够拒绝云的，
更没有人拒绝坐下来慢慢地欣赏云。

是谁，在此静坐，
静坐了一室的宁馨，坐化了一室的传说，
我将回报以掩饰不住的深度。

倘我能够靠近这坐姿的背影
我将借巧匠的慧心
在这背影上　缀满
带有百合花的风铃
以便走动时　借助风
发出悦耳的叮咚

岁月流逝　人烟散尽
唯我留步
用全部的手指拨响——
暮色将至
而没有人为我点燃灯火
尘寰遂掩饰所有的光华

不再徘徊

既然　选择了黑夜
就不再徘徊
何需等待
黎明的到来

既然　选择了远方
就不再徘徊
何需等待
野风的召唤

既然　选择了想你
就不再徘徊
青春的箭镞
会在等待中慢慢变秃

拿起长箫猛吹动情的歌儿
来轻叩你的心扉
一遍遍重复激情的张扬
期待着桃花的盛开

思念一个人的感觉

我静静地等待着她的到来
等待的我早已化作一尊雕塑
一整尊雕塑的思念
坐在那儿静静地等待

我喜欢思念一个人的感觉
像一串长长的冰糖葫芦
不只是酸中透甜
还是甜中透酸

静静地思念一个人
慢慢地想着她的温柔她的美丽
以及她的善解人意
然后把这些再统统化为对她的思念

我静静地思念着
让笑容爬上嘴角
让脑袋歪向肩膀
让口水进一步打湿我的衣裳

我在你的窗户下徘徊

昨夜
我徘徊在你的窗下
一扇紧闭的窗户下

我把爱情和忧伤
挂在那扇窗户上
以及我
模糊的怅惘

灯光
把那熟悉的长发
柔柔地甩在窗户上
月光
把我徘徊的身影
重重地按倒在地上
拖了好长　好长

那扇窗户里
深藏着的是我的青春

我去我去

倘我不去　静谧如是
山依旧峥嵘　水依旧无边
天空依旧深远
而你独伫于一隅　深邃的
眸子依旧凝视着远方

静面是如此重叠
山重叠着水　原野重叠着城市
画面重叠着故事
而你独伫于一隅　脸上重叠着渴望

怅然若失　人走影随
喧嚣堆满了整个城池　泡沫悬浮
倘我不去
有山也憔悴　有水也消瘦

繁花自焚　对影独怜
陡峭的山壁回响着远方的箜篌
倘我不去
有云也暗淡　有鸟也寂寥

我去我去　山顶原野都青翠
江河日益妩媚　云亦清淡而烂漫
季节更加舒展　阳光愈加温暖
欢乐在回响　袅袅不绝

星在天边点亮　风从城外
送来原野的笑意
泉水潺潺　鸟语从树顶落下
漫地散开
悄悄地感知树叶的长大

千　年　缘

千年的夙愿
化作一书枯黄的蝴蝶
干涸的土地上
隆冬早已逝去
又是谁把你们逼得和天空一样高远
一滴滴清泪砸下来
亘古的梦早已在生与死之间圆寂
冥冥中　蝴蝶在跳舞
说不出姓名的人坐在槐树下歌唱
一个心愿跨越千年的时空
蝴蝶已随风而去
手帕仍在初冬的风中飞舞

你的睡姿

你的手搁在我肩上
头放在我臂弯
在我怀里　安然睡去
而我却没有一丝困意
看着你的睡姿
突然不安起来
在你均匀的呼吸声里
我更能感到心跳加快
我不敢推开你
或者惊醒你
直到我习惯并且喜欢
亲爱的　我告诉你
我喜欢你的睡姿
就这样

等待着你的到来

你究竟离去了有多久
让我的心这般揪动
让我的脖子这般疼痛
你仿佛已消失了很久很久

你究竟离去了有多久
身旁的座椅尚能感觉到你的体温
耳边仍晃动着你亲炙的芳唇
你仿佛只是出去放风

你究竟离去了有多久
时间是如此长又是这般短
你究竟离去了有多远
似乎伸手可及似乎遥无芳踪

我等待着你的到来
犹如黑暗等待着黎明
我静静地等待着
幻想着你像一朵紫丁香般飘过来

我就这样一直等待着
从清早直到黄昏
我的每一根神经都坚信着
你会在未来的一个时间如期而至

热　潮

打量着那双长长的睫毛
用眼角的余光
睫毛轻轻一扬
心里就涌起一股　热潮

台上的
讲者　往复踱着
没有影子

农场的鸟声
山涧的泉声
还有
讲者低沉的男中音

窗外　夜幕无声

收回懒散的双腿
挺直腰板
弄了一个优雅的姿势

姿势里
是一股涌动的热潮
余光里
是一双长长的睫毛

孤独的思念

九月　九月是鹰飞的季节
九月　九月是诗人的春天
而你　在九月里却要远行

我似候鸟　已按时归来
你如骆驼　背负着生命的重荷
孑然一身　开始艰苦的旅行

收获奏响这个季节时
我心却如八月的校园
那般的空荡　那般的寂寥

每当我思念你的时候
我便开始孤独
孤独是一种病
使人憔悴　使人呆滞
使人逐步退化为时间的影子

每当我孤独的时候
我便开始思念你
思念是一条虫
一条冰凉的虫
在我体内缓缓地蠕动着

心灵之约

只要是浩瀚的大海
只要你准备航行
那么
船儿又怎么会不颠簸几下呢

除非那是一池波澜不惊的死水

只要是飞翔的雄鹰
只要它准备搏击长空
那么
又怎么会不让暴风雨打湿翅膀呢

除非它待在窝里终了一生

拥有了一份心灵之约
颠簸的船儿总会抵达彼岸
那一路的颠簸
只是增添了几分
与波涛骇浪
搏击的艰险　以及
风平浪静后更加旖旎的海上风景

拥有了一份心灵之约
翱翔的雄鹰哪会在乎
翅膀上的水珠

明天太阳一升起
又精神抖擞地开始了
新一轮的搏击

噢，心爱的人儿
你我亦拥有一份心灵之约
一份足以倾诉千年的心灵之约
今天的挫折
只是使我们相约前进的路上
又少了一道坎
使我们的心灵之约
又接受了一次暴风雨的洗礼

送　　行

你挥手时
把天空的云儿摇碎
飘来一片潮湿
潮湿了我所有的日月星辰
你就要去城南
追逐那份属于你自己的月明
你微笑着
微笑着挥了挥手
把天空的云儿摇碎
此时
期待是美妙的乐曲
坚固的琴弦
弹着心溪汩汩流淌

作一首小诗送给你

圣诞到了，我呼唤着
你的名字，祝你快乐。
而你的名字，听起来
更像一株小草
在故乡长石头的院子里。
我的声音
就是蝈蝈的声音。
蝈蝈，总离深草很近。
昨夜，我喊你的名字，整夜。
声音很轻，比深草里的
虫鸣还轻。

我的心，原以为容得下
海。现在
一个名字就涨满了……

微风吹过时，一片树叶
落在肩上，在耳畔低语。
我把涨满了的心，系在
栎树上，在浪漫依然的
黄丝巾的时候。

落叶爬满肩头时，
取下了最美丽的一片叶子，
作一首小诗，
送给你。
在那归途上，
一抹红润羞涩的晚霞。

守候踪迹

我守候着你的踪迹
恰似黑暗守候着幽灵
像夜风般温柔而不倦
寻找并守候你所有的踪迹
在你端坐过的地方
灯照着心的微光
我尚能闻到你亲炙的芳唇
那诱人气息　焚我柔肠

看你的娴静与端庄
看你的调皮与娇嗔
怀想与凝望
美在此时　莲叶轻漾
湘君在遥远的年代
踏着水追寻夏日的永歌
洛神在子建的赋里
环绕着烟雾的峰峦飞翔
而此时的你
小寐我臂弯
柔顺而轻唤

百灵婉歌啭
更深待人还
星垂月低
珠落玉盘

等待是一瞬凝眸
孤独为之颤动

时间去了　悠悠无尽
我守候着你　直到黄昏

第三辑／记忆是一首歌

打开尘封已久的记忆
往事便如潮水般涌来
对于细节你也许会遗忘
旋律却总在耳边回响

记忆是一位老朋友低吟的
一首老歌
朋友已多年未见
有点陌生
老歌亦许久未听
似乎却很熟悉

——节选自《记忆是一首歌》

香烟和爱情A到Z

A

香烟的价值在于燃烧的过程，
和吸烟者对燃烧过程的欣赏。

爱情呢？
爱情的价值呢？

爱情的价值，
是不是也体现为一种燃烧的过程呢？

B

香烟燃烧着……

在这个过程中，
吸烟的人享受到了兴奋或者平静，
忘了忧伤或刺激了神经，
变得麻木或者变成智者。

爱情燃烧着……

在这个过程中，
爱着的人享受到了快乐或者痛苦，
忘了别人或丢了自己，
变得白痴或者变成灵性。

C

香烟在燃烧着，
爱情在燃烧着，
在这个燃烧的过程中，
一些不断地被创造，
一些不断地被毁灭。

燃烧的本质，
究竟是创造还是毁灭？

D

生存还是死亡，
这是一个值得思考的问题。

莎士比亚在一次感情受挫后，
一边抽着烟，
一边在一本巨著中写下了上面的名言。

E

香烟一直在燃烧，
香烟最后变成了一堆烟灰、一个烟蒂，
和一整个肺的尼古丁。

爱情一直在燃烧，
爱情最后变成了一段往事、一脸泪水，
和一整个日记本的缠绵伤心。

F

燃烧的结果，
人人可以看得到、想得出。

可是，
吸过烟的人有几个能不再吸烟？
爱过人的人有几个能再不爱人？

G

香烟默默地燃烧着，
呵，享受吧，

享受在烟雾袅袅升起的烟头。

爱情轰轰烈烈地燃烧着，
呵，陶醉吧，
陶醉在喘不过气来的拥抱中。

H

只在乎曾经拥有，
不在乎天长地久。

燃烧过后的灰烬，
已不再具有燃烧的功能。

I

不要再相信什么爱到地老天荒的誓言，
正如不要相信重复无数次的戒烟宣言。

不要相信什么只爱一个人的诺言，
正如你不会相信自己一生只抽一个牌子的香烟。

J

一根劣质的香烟，
轻轻一折就断了。

一段脆弱的感情，
一丁点打击就毁了。

K

香烟燃烧着，
夹烟的手指越来越黄，
充满烟味的牙齿越来越黑。

爱情燃烧着，
爱着的心胸越来越窄，
弥漫着爱的神经越来越脆弱。

L

眼睁睁地看着指间的香烟慢慢变短，
心里会产生一种莫名的恐慌，
心情愈发暗淡。
是意犹未尽？
还是怕不留神烫了手指？

眼睁睁地看着怀中的爱情渐渐远去，
心里会产生一种莫名的惆怅，
心情愈发凄凉。
是情意未断？
还是怕成为心中一块永不磨灭的伤痕？

M

一支烟燃尽后，
烟灰若均匀细白吹气不掉，
那是好烟。
如果烟灰黑而粗糙，

并且不住地落下，
这样的烟不抽也罢。

一段感情结束后，
音容笑貌点滴往事挥之不去，
那是美妙的感情。
如果印象模糊暗淡，
并且永不再折磨你，
这样的感情不碰也罢。

N

上等的烟草，
是凉凉的香暗暗地沁心入脾，
你非得深深地吸口气，
才能闻到那大自然馈赠的芳香。

缠绵的爱情，
是深夜的月亮幽幽地心旷神怡，
你非得喘不过气来得脸红心跳，
才能感受到那番爱着的欲仙欲死。

O

品质低劣的烟丝，
还没等你闻就有一股呛鼻的冲劲儿，
冲向你的脑门。
这是你也许因需要某种刺激而很兴奋，
渴望早点入口。
但一旦划一根火柴点燃时，

也许只需一口，
你就会拔腿就逃。

带有邪念的爱情，
还没开始就有一种灵魂深处的别扭。
这是你也许因某种需要而很兴奋，
渴望早点上手。
但一旦越过最后的防线时，
也许只需一次，
你就会意兴索然。

P

我若是不期然间遇到一份像好烟一样的爱情，
我想我一定会待它如我手中的这支中华香烟。
我不会急切地渴望它一燃而尽，
不会在大口大口地吞吐中，
让它迅速化为一缕轻烟飘散。
我不急不躁，我不贪婪。
我用平静的手指点燃它，
把它举在眼前，
神态安详地注视它的燃烧。

Q

我不会刻意去吐美妙的烟圈，
我不会刻意用烟雾组成什么图案，
我不会把烟叼在嘴角或粘在唇上，
我也不会去摆什么装深沉的造型。

我不排斥轰轰烈烈，
但我更喜欢一种平静的享受。

R

如爱情般甜蜜的好烟燃烧着，
好闻的烟香在我周身萦绕。
我深深地呼吸着、吐纳着，
渴望把它挥散出来的每一丝每一缕，
都吸入体内。

我眼观鼻、鼻观口、口观心，
我坐定了。
我双腿盘起来了。
我双手合十了。

S

我企求着，
企求着一支如爱情般的好烟慢慢地燃烧，
慢慢地挥散，
让我在芳香的空气里，
和入骨的熨帖中，
安安静静地变老。

T

如果可以，
我选择烟尽人亡。

香烟不再燃烧，

爱情不再燃烧，
生命之火不烧也罢。

我拥有过，我幸福过，
结束又有何妨？

U

我喜欢在晚上抽烟，
在黑黝黝的沉默中。

只有一个人，
静静地点上一支烟，
慢慢地品味，默默地咀嚼。
在烟雾缭绕中享受自己，
在虚无缥缈中憧憬爱情。

V

我喜欢在写诗时抽烟，
在思维的跳跃状态下。

可以说是香烟给我灵感，
可以说是香烟赐予我一个氛围。
香烟慢慢地变短、变暗，
直至最后烫着自己。
诗中的爱情也变得哀怨、变得幽绝，
直至最后自己也泪流满面。

W

我渴望爱情，
正如寂寥时忧愁时对吸烟的渴望。

我也恐慌着爱情，
正如咳嗽时吐痰时对吸烟的恐慌。

X

烟瘾发作时，
不管优烟劣烟，能点燃的就是好烟。
逼急了，不惜满地去寻找烟头，
有时候，一个烟头几个人抢。

爱情呢？
我只知道，
一个人在孤独时什么事都有可能发生。

Y

香烟燃烧着，
爱情燃烧着。
燃烧是燃烧着的过程，
燃烧是燃烧着的结果。

Z

我很清贫，但我只抽好烟。
我很寂寞，但我一直等待。

饥饿者宣言

索然的日子
独居的时刻
蜘蛛犹自在结网
年复一年，日复一日
重复亘古的寓言
寓言似乎叫作守株待兔

远离群落的年代
饥饿已经成为唯一的感觉
除此之外
我一无所知
亦别无所求

高等代数和线性代数
随同我一起进入漫长的等待
磨砺着朽秃的青春箭镞
勾画着或椭或圆的人生轨迹
敲击桌面的手指
斜视室外的头颅

高跟鞋咯噔之声
依旧继续在虚无缥缈之中
不相干的男人和女人
噢，应是男生和女生
在眼前做着一种布朗运动

你到来
到来在不该发生的年代
我选择
选择了你的到来
无论过去、现在，还是未来
只希望早点停止那漫长而索然的等待

无题——献给自己

你似乎总在同一座城市。同一座校园。校园里同一个角落。令人窒息而零落不堪的角落。你总是在相同的清晨和傍晚出没。湖边的垂柳拂碎了湖面平静的梦。青蛙在叫。小桥下同样的一张面孔。红外电波无声地在干扰。迎着北风深深地自责。十字路口。通向正门的出口。你总是怀念相同的一座校园。更多的人群和出口。

你似乎总在同一座城市。同一座校园。校园里同一个角落。你。一个瘦削的诗人。胡须很短。拖着拖鞋。诗人。在角落里进进出出。唱着无人能听懂的歌。唯一的通道上高挂的大锁。混杂着各色人等的空气。教室雪白的墙壁。白色的黑板。流浪的艺人和沿街乞讨的乞丐。图书馆里的门铃。点燃又熄灭的灯。格格不入的生不逢时。低吟的诗人。重复讲述着弦断的故事。

你爱上了一个比天还高的地方。你爱上了一个尚未诞生的姑娘。两个火苗在跳动。你看到了城市的怒容和校园的愤懑。窄窄的角落。重复着同样的故事。旧街。旧邮筒。一个全新的意念。食堂仍是同样的窗口。一年年过去。你被迫停止继续打磨那把锃亮的匕首。吃过午饭。匆匆赶上最后一趟地铁。

你终于把自己树为人生的偶像。同样的时间。同样的季节。喝着那坛尘封的老酒。混迹于熙熙攘攘的人群。红着脖子吆五喝六。发黄的手指。变短的烟头。两个火苗的蜡烛。你总是做着同样的梦。梦中总是有一只神鸟。小时候童话书中的那一种。

闷　夏

一种前所未有的骚动
袭击了夏日杨树上叫得正欢的知了
以及在知了声中用尾巴击打蚊子的老黄牛
熙熙攘攘的人群。汗水、泪水交织的面孔
晒得起皮的柏油路上的顽童的光脚丫
烈日下匆匆赶路的行人拽低的草帽沿
远处近处左边右边身前身后晃动着的白花花的东西
妇孺老幼一律红着脖子张开嘴巴吐出的粗气
蜷缩着身子骨贴在干枯的枝条上的叶子
裂着口子的树干和打着卷儿的碎皮
干涸的池塘底交叉着的裂缝
北国的村庄只剩下到处飞扬的焦土碎粒
南国的小河仅只拐了个弯儿就消弭于无形
赤条条的人们争相躲往阴暗的角落
每人心中都有一团挥之不去的闷

结冰的日子

死亡，终于来到我的头上、鼻子上、眉毛上
然后沿着中枢向下蔓延
山坡与山坡对着山歌的时候
如老酒的日子终于远去了
虽然我早知道会有这一天

我身上的每一根麦草都抖动着黑色的太阳
战栗，像猫狗牛羊临死之前的那种
空气与空气互相凝视时，树叶在背后疯长
与黑暗为伍的人被黑暗吸光
与黑暗为伍的人在黑暗中生长

结冰的日子
我诅咒着

沉　默

摒弃由山到水的杂念
抛开世俗、傲慢、偏见
让所有的七大姑、八大舅
都藏在山后　躲在水里

保持最起码的微笑
维持一个知识分子应有的礼貌
不管世俗的脚伸得多高
乃至够得着你的眼角

世俗把脚尖指向你
有意？无意？
都是一种偏见的傲慢
世俗斜躺着侧着眼睛向你说话
有声？无调？
皆为一种傲慢的偏见

为了某些人　某些理由
完全有必要在世俗的面前
毕恭毕敬　毕坐毕仰
正正襟　说一些敬仰的话
以及一些无关痛痒的话
当然　那是在世俗似乎
还有一些注意你的时候

强忍着心中的隐痛
强忍着脸上的欢笑
唱个喏　惶惶夺门而去
忙忙如丧家之犬
急急如漏网之鱼

终有一日
我要让世俗对我点头哈腰

足 迹

马和骆驼留下的足迹
是一本奇奥难懂的书
只有志在天涯的人才能读懂

头 痛

由点到线
由线到面
一个三重积分尚未做完
头痛又发作了

一元到多元
有解到无解
此时
不知这是解题的步骤
还是头痛的过程

最后
头痛经过一番证明
推出其为一个无穷级数
当时间趋于无穷时
结果是发散的

孤　火

孤立于沉思之外
沉默于海边小屋
是谁——
敲响了生命中的孤火

出击
断拳出击
独舞者出击
雪花飞扬　拳乱舞

是谁在斜刺里插了一把匕首
有人背叛了自己的血
众神敲响了紧促的梆子
尘土遮住了
明日下手执断拳和匕首的少年

天堂墙壁
少年的孤火
一部残缺的典籍

记忆是一首歌

记忆是一首歌
一首忘记了歌词的歌
歌词断断续续
但
曲调却是难以忘怀

打开尘封已久的记忆
往事便如潮水般涌来
对于细节你也许会遗忘
旋律却总在耳边回响

记忆是一位老朋友低吟的
一首老歌
朋友已多年未见
　　有点陌生
老歌亦许久未听
　　似乎却很熟悉

记忆
往往在一些不可臆度的时刻
带来心灵的悸动与震撼

恍惚中
我仿佛又回到了那个夏日的午后
悠扬的蝉鸣依稀可辨

“长亭外，古道边……”
冥冥中，谁在唱?

君子的怒火

怒火在心底产生、酝酿
一点一滴地积累、聚集
一旦到野马脱缰之时
怒火就会像火山之喷发
　　像山石之突崩

素日之温文尔雅君子
一朝被人撕破了脸皮
是绝对不会把“脸”和“皮”分开来叫卖

君子之待人接物自彬彬有礼
那时发生在君子与君子之间
若一不留神被小人
抑或是平日装作君子的小人暗地咬了一口
涵养再好的君子也会暴跳如雷
要知道君子也是会愤怒的
“权当是被狗咬了”的阿Q时代早已远逝了

君子盛怒了
昂起头扬起眉对伪君子大声地说“不”
当然这还远远不够
君子是会出手而且也完全有能力出手的

君子是不会贸然出手的
君子要准备好各种对策

君子不出手则已　一出手就要惊人
君子一出手就要完全无愧于君子的称号

君子早就说过
最好不要把君子激怒
怒火一旦爆发
焚烧的将是整个世界

粉墨登场

在一片乱哄哄的气氛中
你甩了个响指
粉墨登场了

是说，是唱，是参加生日派对
你已记不清了
抑或是纯粹为了赶场

你背着手　踱着九字步
当然
脸上是不会少了微笑的
更不会忘了带那个别致的公文包

你不时点着头　应着
有时也握握手
打个哈哈
以及做捧腹状
诸如此类

大部分时间里
你能感觉到太阳的刺眼
唯一感觉不到的是
脚下踩的是三步还是四步

你就这样
按着台词进行着
直到只剩下影子做嘉宾
直到剧终

同样的错

某次　某人一不小心掉进一大坑
后来　每每经过总是自然而然绕道而行

据说　那是人和动物共同具有的一种本能

看着她那张痛苦的脸
我的心不由得往下一沉
她只是嗲声地责备了我
使我心情沉重的是内心的灵魂

上次的情景还历历在目
同样是一张因痛苦而扭曲的脸
同样是因压抑而变调的呻吟

还记得你上次暗暗发过的誓吗

无奈　只好又去了同一个地方
无奈地　只好对自己的嘴脸
　　进行再认识　再教育

我又犯了同样的错

一潭清纯静谧的水

一潭清纯静谧的水
荡漾一层逼人的绿
如清风般温柔
如明月般纯洁
这，便是你的雏形
你，无忧无虑地
躺在大海的源头
生命的原色
就是你的保护色
那时，你的梦
只在原野徘徊
我知道，你在
千年等一回

曾几何时
风乍起
吹皱了平坦如砥
从此
你便湿润了
即使在那干涸的时候
你有了自己梦鸽
带着无限的牵挂

大海，引诱着你
似乎是寻找梦的家园
起初
你也迷惘
但毕竟……
你痴情了
誓一去不复返
带着绿意
越过坚韧之城
带着风
挥着多情欢乐之手

那天，大海
似乎有点小羡
一声长长的哀叹
透出一丝模糊
面色下的秀色
更加迷惘
坚韧的你
最终摇曳着
家园中当年的幼树
触到婆娑的根
泪水抚摩着历经沧桑的脸

你的心像那秋树
无奈飘洒了一地
心头的寂寞
一如那春天的柳条
躯体中蒲公英的梦

已飘进另一个世界的童话

你再也忍耐不住
抖擞保护色
拖着寒夜温情
扔掉那几只绚丽的小海螺
画着苍白的灵感
和着一颗无垠的心
义无反顾地
对着礁石发动
一次次的冲击
无视浪花的四溅
只管歇斯底里地咆哮

此时，抹去肥皂泡
仍带着回归时的激情
狂奔　无法平静
良久
涛声依旧

飘来一盏渔火
带着雨的芬芳
雷的温柔
温暖着你的双眼
你，屈服了
高昂的头
消去了原始的炙热

悟
所有的思念
霎时
和着风
随着云
直到永远，永远……

你，涌动着
涌动着闪烁的永恒
吮着　永远朴实的土地
嗅着　一枝玫瑰幽香
穿透所有的不眠之夜
远眺了夜的山峦
低沉地咆哮着
洒脱地奔向大海、大洋
漂亮地甩甩头
不时，抛出一串串
糖葫芦式的……

在最冷的这个冬天

这个冬天，你的头顶总盼着蓝空
高楼远远地跟在身后
青草坐着，你也坐着
占据的空间等于四年

要是没有风，就会有人听到
数里之外磕着等着以额触地的声音
要是充满风，你就会听到
三百年前八十高龄的范老欢呼后晕倒在地
的扑通之声

如果有人哪怕是轻轻地叹息一声

驳杂的世日
总是没有时间读完一本书
雨点再度在有花纹的布篷之上喧闹
火柴熄灭夏天消逝

灵魂在洞窟里忧伤了多少年
聆听着球体冲压的撞击声
来自其他世界的可怜灵魂
用更清晰更响亮的声音
向你诉说着

你茫然地挺立着
跌落在空洞的镜子底层

除了自己，你已不知别人在说些什么
在一个黄昏你来到了海边
你不在乎一个女子钓到大鱼时的喊叫
你不在乎满桶的鱼都鼓着眼睛
你每天来到海边，手里拿着笔和纸
回来时笔没变
纸却像大海

冬天的一个午后，你想到了
盆景。畸变的
树和侏儒的岭
受制、受掌握如一块铁饼
蓄势使你听到抛掷的邀请

那是一盆病态的风景
寂静中，空气收缩得愈来愈紧

夜晚、灯光及其他

每个这样的夜晚
我都会陷入同样的迷惘
尤其有这样撩人的灯光

夜已是深夜　灯光依旧撩人
惆怅的人仍旧在迷惘中惆怅
虽然夜不是很黑　灯管亦不是很耀眼

有位伊人　在水一方
有一位独客　在夜的一旁
想着伊人的故事　枕着黑夜的臂膀

青青子衿　悠悠我心
这样的夜晚　独自一人前行
远处教堂的钟声撞击着我即将凋谢的心灵

这样的夜晚　这样的灯光
使我想起了很多很多
以及不愿提及的忧伤和惆怅

这样的夜晚　这样的灯光
我却像幽灵一样
消闪在黑夜的一旁

第四辑／寻找丢失的心情

风从一个树桩跳到另一个树桩
在阴暗处淤积、重叠，或者不知不觉地
转移。满月之夜
我听到潮水渐涨的悠缓声响
空空的杯子被谁失手打碎？

我生长的故地，大地上寂寥的心房
我想起，但我无法说出一种时光的忧伤

——节选自《寻找丢失的心情》

寻找丢失的心情

一

躺在阳光的肩头
想要给春天一个惊喜

目光缥缈
通往山顶的小路
已被时间掩埋

二

我伏在绿叶的背上
等待着你的降临
是谁躲在月光的后面
窃取我的花朵　风中
花瓣飘零落向高蓬

有多少手指扑向我的喉咙
喘息中　是一个黑洞洞的窗口
在掌纹迷人的舞蹈下
你捆住了自己的手足

三

一只麻雀向最高的枝丫上蹦了蹦
它在眺望着什么呢

一条狗慢慢走回
主人急忙从阴暗中冲出
黄昏在煤油灯里煎熬成黑夜

四

风从一个树桩跳到另一个树桩
在阴暗处淤积、重叠，或者不知不觉地
转移。满月之夜
我听到潮水渐涨得悠缓声响
空空的杯子被谁失手打碎?

我生长的故地，大地上寂寥的心房
我想起，但我无法说出一种时光的忧伤

五

那个我前世结识的朋友
可能要路过地球一趟
我已经准备好了盛宴

我甚至愿做一只孤雁

我甚至愿做一只孤雁
只要能被你的箭射中
请你不要再犹豫了
含着泪张开你的弓吧
我不再躲闪
只祈求能被你射中
即使只能在你的怀里
躺卧片刻
然后死去

我愿做唯一的一只孤雁
只因为你是唯一能捕获我的猎手
拉满你的弓吧
我不再哀鸣
请用我带血的羽毛
来装饰你的弓吧
我愿意用我滚烫的血液
来湿润你的箭尖
然后沿着箭身
缓缓流下
在容栖我的土地上
一片殷红

风在满世界寻找情人

整整一个世纪
等了

风有些骚动了
把所有所有的
都发泄在
树叶上

风已经完全消失了
春日的温柔
满地的落叶在低声地埋怨着

大雪纷飞的那天
风终于忍耐不住了
席卷着大片的雪
满世界寻找情人

走 西 口

一个接一个的山西人走了
面对拥挤的贫困
没有自甘潦倒　没有相互倾轧
他们不约而同地选择了走西口
把目光投向了口外更加辽阔的天地

（哥哥你走西口，
小妹妹我实在难留，
手拉着那哥哥的手，
送哥送到大门口。）

这样的民歌响起在村口、路边
远行的男子在家乡并不孤苦伶仃
他们都有一位能够生死与共的恋人
他们并没有满足艰辛却温馨的生活
狠了狠心还是向口外走去
而他们的恋人并没有鼻涕一把泪一把
死死抱住男子们的腿以抹脖子跳枯井相要挟

（紧紧地拉着哥哥的袖，
汪汪的泪水肚里流。
只恨妹妹我不能跟你一起走，
只盼哥哥你早回家门口。）

把绵绵的恋情从小屋里解放出来

交付给茫茫的朔北大漠
让人不禁对这些小脚村姑们肃然起敬
当然绝对不会料到
自己情意绵绵送到口外的男人
竟能干出那么伟大的事业
虽说他们相信自己所钟情的男人
具有和胸脯一样宽广的视野
只希望能够早日平安归来
一点点的成功也要这些目不识丁的
庄稼汉付出一生的代价

（哥哥你走西口，
小妹妹我苦在心头。
这一走要去多少时候，
盼你也要白了头。）

哭是哭了，唱是唱了，走还是走了
他们抹去恋人眼角的泪水
掩了掩对开的破棉袄
把肩上扁扁的行囊往起挪了挪
迈开大步　顺着铺满土疙瘩的山地
匆匆向口外走去

双手　握惯了锄头　摸惯了耕犁
双眼　测惯了种子的稀稠　看惯了乡间的宁静
毅然迈向关外　靠的是血气之勇
于是　陇外多了一些无名尸骨
关东多了一些落魄乞讨者
三晋多了一些从小未谋父面的儿女

被失败者的故事重压着
被恋人凄楚的歌声拖牵着
山西商人却越走越远
他们迈出的步伐
既悲怆又沉静

一阵阵清脆的驼铃声中
驻防军队得到了粮秣
军人、游牧部落得到了大量生活用品
塞北的毛皮、呢绒原料送到了内地贵胄之家
尸骨堆积成一支民间贸易队伍

背井离乡的山西人厚积薄发了
摒弃了地域观念　置整个中华版图于视野之内
终于　他们把整个中国的物产特色和
运输网络掌握手心
有力地促进了商业发展
乃至有了“先有复盛公，后有包头城”的奇迹

一系列票号的建立
终于把晋商推上了巅峰
他们坐在祁县、太谷等小县城的大院里
举手投足间把东南西北的金融命脉梳理畅通
稳稳地把自己置于全国钱财流通主宰者的地位上

走西口的哥哥回来了
带回了“海内最富”的称号
带回了乔家、雷家、毛家等一系列深宅大院
每个体面门庭的花岗岩门槛上都带回了
两条很深很深的车辙印痕

一个人在黑夜里狂奔

一个人
在黑夜里
狂奔——

那是在
胸腔快要
爆炸的时候

黑色的夜风
在身后
呼哧呼哧地
追赶了
一路　没换一口气

蒙着面纱的夜色
在前面
忙于编织一道道的铁幕
一次次冲破
一次次补上

自始至终
月亮
没有露面

那夜的夜色黑如墨
那夜的夜风墨一般黑
独自一个人
在
狂奔——

知了

不知疲倦地叫着
一遍又一遍
从不在乎
有没有观众

沸　腾

一股似红亦黑的液体
在夕阳的最后一抹余晖里
开始了狼奔豕突的艰苦历程
那是华灯初上蛙声一片的时候

转了无数个似圈非圈的玩意儿
仍昂着头　吐着猩红的舌头
不厌其烦地续写着第一千零一个故事
夕阳唱了个“喏”无奈地转到了山后

发出了一声似叫亦喊的歇斯底里
冲散了夜幕与蓝色的包围
在一片哄闹喧嚷嬉戏声中
徐徐地拉上了似帷非幕的帷幕

人们生活在黑夜

那是个黑黑的夜
在原始的愚昧之间徘徊
激情之后的放纵
已化作若有若无的呻吟

激情与恣意
是充斥黑夜的主旋律
没有月色与星光的夜晚
诠释着最原始的梦幻

倾听着地穴的变奏
吞吐着蛇兽般的红舌
身侧与眼角
晃动着涂着口红的艳唇

像一只发了疯的蝙蝠
蒙着头在赤裸的墙上乱撞
巨大的阴影从四方汇集
汇集在那个黑夜的前奏里

树

独自一个人
在小道上散步
那是在吃过晚饭的时候

情绪随足音而去
小道没有鸟声
在这个空荡荡的
世界里
一切都那么
那么像八月份的学校

就在这个时候
偶然　一抬头
看见了一棵树
矗立在秋风中
腰杆有些倾斜的老树

那斑驳弯曲的
躯干
那错杂丛生的
枝条
组成了
一个硕大的　问号

吃过晚饭的时候
在小道上散步
独自一个人

流　　星

黑黝黝的苍穹
氤氲的夜色轻轻悠悠
蓦地——
一束流星电闪般划过天际

一道勾魂的光亮后
天空又迅速恢复黑寂
——黑黝黝的寂寥

一心只想为天空点缀
却遭到无情的遗弃
怀着深深的爱恋
以生命的终点
化作一道弧光

一个寻常的夜晚
我和你
是无限之生中的偶遇
也是无限之生中的永别

也许　在那天边的尽头
是你五彩而绚丽的倩影

狼

风　呼啸
雪　飘零
一只狼
在旷野狂奔

多少个春秋之夜
从黑乎乎的枪口下惊醒
古月依旧
今月依旧

旷野的月色低沉
拖着沧桑的灵魂
退却逃离
是谁苦苦相逼

从亘古走来
再一次铤而走险
用最后的寓言
填补苦楚苍凉

一只饥饿而孤寂的狼
向荒原深处的孤寂
绝望地仰天长啸

孤　鸟

虽然混杂于庞大的鸟群
仍掩饰不住秋风般的黑色表情

东西南北
去了那儿却不知要去哪儿
心的火苗已被熄灭
余留下的恐慌却不知向何处
宣泄

黑 暗

喜欢黑暗
只因
喜欢那份黑黝黝的沉默

谁能估量它的重量：黑
聚敛万物，吞噬所有的荣耀
与炎凉
像一尊雕塑或者苦难
静观一切却又超然一切

理想的憩息之地。黑暗
中魔鬼与人类拥有同一副嘴脸
像墨水，倾倒于一张纸上
纸上没有了哥德巴赫猜想
也没有了诗歌
有的只是一份黑黝黝的沉默

沉默是黑。那里有
闪耀灵性的光辉
来自天籁的声音　云雾般
在黑暗的上空缭绕回荡

饱含黑暗之汁的。比如鹰
黑黝黝的沉默之后
拥有了冲向黎明的本原
于是穿梭了一生

搁浅的船

海潮不知什么时候退走了
抛下了一只没有桨的船
听不见波涛的喧嚣
也听不见波涛的呐喊
它默默地搁浅在海滩上
显得有些孤独，又有些伤感
但它却固执地等待着
等待着潮水再返海岸
它怎能不去漂泊呢
它毕竟是一条船……

侠客行系列之一：酒店逸事

一碟茴香豆
二斤老白干
掌柜的

对
就是马厩里的那匹白马
多上点草料

小二　上酒

什么　没有老白干
那就来坛陈年花雕

陈年花雕也没有
只有女儿红

这咋行呢
家里那口子又没来
咱大老爷们
会喝那种酒吗
哈哈

古代么
家里那口子总不能
老跟我抛头露面

侠客行系列之二：侠客行

骑着健壮的马儿
唱着豪迈的歌儿
马蹄嘚嘚　歌声悠扬

黑色的披风迎风招展
黄色的剑穗上下舞动
突然
一个似乎满脸横肉的家伙拦住了我

他虔诚地说
请我赐他一战
他好向俗人夸嘴

我望着天笑了
是么　请留下名儿
大爷剑下不斩无名之辈

他说他没有名字
人们习惯叫他二柱子
他拿着一根烧火棍带着希望
仰视着我

我一拉缰绳
马蹄嘚嘚
奔过了那张因失望而扭曲的脸

这样的日子
对我来说
平常如一杯白开水

侠客行系列之三：邂逅侠女

赶了一天路的我
在一片树林里休息的时候
听到了一阵鸾铃声

我微微张了张眼
一瞥
不自禁地睁大了虎眼

风尘仆仆的她
仍掩盖不住秀丽的玉容
尤其是那双水灵灵的大眼睛

在一棵杨树上拴好了坐骑
四处望了望
径直向我走来

她低声对我说
这位仁兄　能借小妹点地方吗
说完对我微微一笑

我在一连串结结巴巴的“能”声中
连忙挪了挪自己那
五大三粗的身躯　并用包袱
手忙脚乱地擦了擦那块大石头

微笑已足够了
中世纪么
总不能当众给我一个吻

梦断，梦断

今夜　就在今夜
我的梦啊
我曾经的梦
就这样随风而逝

金榜题名　衣锦还乡
所有的梦想
在此之前的所有梦想
呵，我的梦想
我奋斗了无数个日日夜夜的梦想
无法　只好统统锁到箱子里
塞到床底下

面对现实
面对与去年同样的现实
伤心无话　伤心无话

窗外的风啊
卷走我吧
像卷落叶、卷灰尘
就让我的躯干随波逐流吧

我跌倒在人生的刺树上
我血流遍体

今夜，我以生命的忧苦
酿一杯酒
一杯烈酒
献给青春之美
你看　那颜色
澄明如泪啊

举起酒杯
却发现没有可邀之人
于是　抱起酒瓶　一仰而尽
将过去的种种皆喝到心底
人生如酒
酒味虽浓虽香
却掩饰不住其中的辛辣

梦已消逝　在遥远的过去
颜色已褪尽
成为梦中的回忆
所留下的只是
燃烧的热情谱成的忧伤旋律

鹰的本色

不要再去舔舐滴血的伤口
不要再发出懦弱的呻吟
曾经的疤痕
怎能模糊鹰倔强的性情
暗处的弯弓
怎能挡住鹰遥远的航行
是鹰
就要搏击长空
把生命之弦弹拨得更加纵情
是鹰
就要仰天长鸣
毫不留情地撕碎黑夜的安宁

雪　　花

雪花飞扬，大地一片迷茫
那雪花
纷纷扬扬，飘飘洒洒
如倾，如注，如泣，如诉?
归宿在哪里?从哪里来?
到哪里去?
雪花能做到的只是飘飘扬扬
在空中久久徘徊　不肯落地
即便落地　亦迟迟不肯化去
尽管狂风暴雨，它仍依恋这冰冷的人间
深邃的天空，广袤的宇宙
最终，雪花还是无声无息地落地

第五辑 / 镜子

而我
即便发达了
也不会忘记
我曾经穿过开裆裤

——节选自《镜子》

有感于光绪皇帝修钟表

轰轰烈烈的戊戌变法失败之后，
光绪皇帝就急流勇退，
请出了慈禧太后主持国事，
自己则隐居在紫禁城内南海的瀛台。

瀛台的风景很是优美：
四面皆环以水，
只有一座小桥通岸。
这里可以虚窗待月，

这里可以推门当潮。
风骚骚而树急，
波淼淼而云淡。

皇帝再也不用日理万机，
皇帝再也不用应付三千佳丽。
但皇帝年轻有为啊，
但皇帝不愿虚度光阴啊，
于是，
隐居着的皇帝，
决定掌握一门实用技术
——修理钟表。

翻阅了一些史料后，
笔者大胆地认为，
皇帝狂热地迷恋于修理钟表，
原因有四。

第一，皇帝借掌握一门技术，
来充实自己，
不至于成为无用之人。

第二，皇帝实在是找不到别的什么好修理的。
咱泱泱大国，能人众多。
只有钟表这玩意儿是洋人进贡的，
别人不懂，于是皇帝决定成为第一个吃螃蟹的人。

第三，皇帝认为先朝大臣林则徐的一句名言很有道理：
“师夷长技以制夷。”

毕竟是皇帝呀，强国心切。

第四，慈禧的年龄比皇帝大得多，
他希望能够在时间上熬过慈禧。
于是，
每当修好了一座洋钟表，
皇帝便把耳朵贴在钟盘上，
“欣喜地听着时间前进的声音”。

那天，光绪皇帝签发了一道圣旨

那天，
也就是1900年的元旦。
紫禁城，残雪覆盖着金色的宫檐瓦顶。
宫城内一片清冷的寒光。

这一天，
由大清帝国光绪皇帝签发的一道圣旨颁布了。
这一道圣旨，
被洋人们称为“中国历史上最伤心的文字”。

圣旨译为白话文大抵是这样的：
我本来应该生个儿子来继承皇位，
但我不争气，
儿子至今没能生出来，
惭愧惭愧。
我自己有病，
而且病得不轻，
皇太后（指慈禧）出来主持国家大事
是应我再三的请求下才得以实现的，
这实在是国家的幸事。
为了不使皇家断了香火，
决定立醇亲王的儿子溥仪为同治皇帝的嗣子，
以代替我当皇帝。

年轻的皇帝啊，
不但宣布自己有病且离病死不远，

还决定为此隐退，
并立了一个替代他的皇帝。
可怜的是，
这个未来的皇帝给光绪的前任同治当儿子，
而不是给他自己。
这一切，
都还要“感谢圣母之恩”。

中国高墙之内的深宫政治故事，
可以不加任何修饰，
就成为久演不衰的剧本。

汉　字

一个民族的文字凝聚着一个民族的精神
——题记

1

刚跟着先生学字时
绝没料到自己笔下比画的
竟是一个民族庄重的历史

2

最古老、最庄重的文字
伴随着一个古老、坚实的民族
经过历史的风风雨雨
磨去了棱角　荡去了虚浮
字变得方方正正
人变得坚忍平和

3

在这些矜持的符号里
每个人都在寻找着自己的来历
每个汉字的背后
隐藏着的是一段历史的影子
影子里
君子与小人、奸臣与忠臣
唱着同一出红脸与白脸的京剧

4

在这些威严而有秩序的方块中
我们看到了自己的民族
节制、坚忍、彬彬有礼
做事　有规有矩
做人　堂堂正正

5

祖先的语言
载着一代代的歌舞华筵
值得我们青丝白发
一笔一画埋头苦练
学写字　学做人
学习祖先一代代沉淀的精髓
要知道
每个字都被锤炼了千年

6

每个字每天都被锤炼着
仿佛
每片树叶每天都改变着质地
它们在笔下、刀上和火焰上
不管是唐诗宋词，抑或是楚辞汉赋
在孩子的手中　仿佛刀握在手中
是刀锋　在每个血腥的季节里
人头落地　悄无声息

我反复地咀嚼着口香糖

我反复地咀嚼着口香糖
每当
一个人的
时候

面对一串串的香蕉
那
黄色的诱惑
只能
反复地咀嚼着口香糖

我反复地咀嚼着口香糖
咀嚼着一串串糖葫芦式的
说不上名称的
东西
用一种说不出名堂的
方式

当我
咀嚼口香糖的时候
其实
我也不知道
自己
究竟咀嚼的是
什么——

桃　花

在它的季节里
是那样的骄横
你瞧
它占据了每一根枝丫

是晚霞吗
咋这般红艳似火

是桃花
毫不讲理地
霸占了整个春天

画

一堵洁白的墙上，
有一幅美丽的画儿：
一头肥肥的牛儿，
正在悠闲地吃着草儿。

有人说：
那只是
　　一堵洁白的墙呀！
草在哪？牛在哪？

草儿？
被肥肥的牛儿吃光了。
牛儿？
吃光草儿拍拍屁股走了。

禅 意

一日，
苏东坡和名妓琴操泛舟西子湖，
舟上二人互斗禅机。
琴操问：
“何谓湖中景？”
东坡答：
“落霞与孤鹜齐飞，秋水共长天一色。”
琴操又问：
“何谓景中人？”
东坡答：
“裙拖六幅湘江水，髻挽巫山一段云。”
琴操再问：
“何谓人中意？”
东坡答：
“随他杨学士，鳖杀鲍参军。”
琴操若有所悟，直问：
“长老所言，究竟意当如何？”
东坡又赠一句：
“门前冷落车马稀，老大嫁作商人妇。”
琴操顿悟，随即策马返回，
当日便削发为尼，一生相伴青灯。

禅为何物
禅是智者辩词中的机锋
禅是慧者心中的冰团

禅是长夜点燃的青灯
禅是老和尚座下的蒲团

禅是僧人口中的“阿弥陀佛”
禅是一声当头棒喝：“放下屠刀，立地成佛！”
禅是“老大嫁作商人妇”的动机
禅亦是佛家所提倡的一种缘分

禅意
记载在发黄的经书里
躲藏在芸芸众生的心间

孤　独

每一次
走在宽阔的马路上
看到上班下班的人群
拥满道路向前流动
心头
便涌出无法名状的孤独

这种孤独
远比晚上一个人待在空荡荡的办公室
更加孤独

呐　　喊

摇曳着岸边的垂柳
吹着垂柳般的口哨
柳条　已不再编织湖水的梦
口哨　已不再骚动伊人的心

平静的湖面无波无纹
伫立的你不喜不乐
一阵潮湿的晚风
吹动了远处的暮色

为了湖水　为了垂柳
为了远处的暮色
就必须
弃命般地呐喊吗

文章太守欧阳修

那一年年号为庆历
那也是一个深秋的季节
古道边　欧阳修高举一杯浊酒
挥洒入天际　把京师的烦恼抛在脑后
仰天一笑　对送行者抱了抱拳
到下面当太守去了

官船沿汴水入淮河迤逦而行
两岸柳黄霜白
长空中传来几声雁鸣
凄清而悠长
满眼秋色中
人孤独　秋萧索

弹丸之地的滁州来了一位
年届不惑的醉翁
醉眼蒙眬看世界　世界亦醉
就在这踉跄醉步下
旷世名篇《醉翁亭记》诞生了
诞生在心灵的困顿和再生之后
山壑林泉之美暂时掩住了心灵之痛

时隔两年
拥有青楼艳歌和二十四桥的扬州
听到了欧阳修吟诵《朝中措》的声音

那声音凝固在平山堂前的石碑上
平山堂上　过往的官吏文士太多了
“革命的小酒天天喝”
于是申请从烟柳繁华的扬州
走向寂寂无名的颍州小城

多年后
古城的二分明月下
平山堂的烟雨楼台中
琅琊山的山壑林泉里
处处都在述说着
文章太守
挥毫万字
一饮千盅

圆　　周

生活本来就是一个圆周
你
我
猪
羊
都在上面爬来爬去
寻找自己的
原始位置
从白天爬到黑夜
从黑夜爬到白天

演　　戏

观众
在台下
看台上的戏子
演戏

戏子
在台上
看台下的观众
演戏

镜　　子

我的笑容
你录下了
我的哭声
你也录下了

没等一分钟
你就忘得一干二净

而我
即便发达了
也不会忘记
我曾经穿过开裆裤

故　　事

楔子：四个男人和两个女人
第一章：三个男人和两个女人
第二章：一个男人和两个女人
第三章：一个男人和一个女人
尾声：一个男人、一个女人和一个小孩

人

苦苦地
酝酿了十个月
你才出现在
人世间

你明白了
自己的不易
于是
在数十个寒秋里
苦苦挣扎

寄无花果

你握紧的那一抔泥土
　　很少
你仰望的那一片天空
　　很蓝
你依赖的那一汪大海
　　很深
你拥有的那一个雨季
　　很短
单薄的身影中　构成一个
　　巨大的问号
冥冥期待中　膨胀着
　　一个亘古的思念
爱的痛苦竟如此沉重
即使欣逢开花的盛情
流浪的土地上
那扇心扉
依然关得很严很严

时　间

时间一点点地逼近时
我感到一阵无名的恐慌

时间一点点地远去时
我感到一种淡淡的忧伤

远去的
请你逼近
逼近的
请你远去

说 书

夜晚
一群人围坐着
听盲艺人
说书

老艺人弹着三弦
兴高采烈地说着

“话说那日张飞与李逵狭路相逢
整整大战了三百回合仍不分高下”

“哎，老哥
张飞与李逵好像不是一个朝代
都哪跟哪呢，怎么就打起来了呢”

“噢，二人都是一样的火暴脾气
走到一块儿话不投机就打起来了
哪管是不是一个朝代”

夜晚
一群人围坐着
听盲老艺人
兴高采烈地说书

萧何月下追韩信

夜风呼呼　马蹄嘚嘚
萧何在奋马扬鞭
马上的人气喘吁吁
胯下的马大汗淋漓

月如钩　树如画
萧何却无心留恋
眼前晃动的是韩信英气逼人的面孔
以及辽阔的大好河山

叹只叹刘邦慧眼不识才
惜只惜韩信满腹雄才无处使
一想到项羽可能会如虎添翼
萧何又高高扬起了马鞭

月亮向前飞奔
树影节节后退
萧何猎人般嗅着前方
身体绷紧如一把张开的弓

两旁耳侧风声呼啸
身后马尾尘土飞扬
依稀里　韩信在中原大地纵横驰骋
刘邦背北面南微笑着指点江山

我们被水所困

在过去的一段日子
我们肆意狂泻　尽情挥洒
终于
我们被水所困

拒绝恐慌　拒绝渴望
然而渐次收缩的喉管里
吞咽的　仅止口水
也许　这也维持不了多久

乡村拒绝城市
原野拒绝森林
唯一能到处接纳的
是一摊摊的污水

所有的都开始膨胀
一切氤氲着瘟疫
每天重复的是
抱着头四处碰撞

最后　我们缩作一团
竭力回忆着所有关于水的传说
以及从前丰腴的日子　和
肆意狂泻的年代

世界弥漫着恐慌
干涸主宰着人和牛和草
风也无力地吹着
缓缓地扫过空旷的原野

日复一日
狼群停止了狂奔
人类停止了骚动
一切都随着嘴唇开始蜕皮

终于
我们蠕动了
向着一摊摊的污水
挪了过去

第六辑／点在心中的灯

经过那个烈日的午后
我便开始乞求
乞求一个人　默默地
点燃我心中的那盏灯

——节选自《点在心中的灯》

谁在唱?

又是三月草长时,
又是晨曦破晓时。
青青子衿谁在唱,谁在唱?
——悠悠我心,悠悠孤独心!

(这样的夜星光很白,这样的清晨阳光很黑,且在外面咆哮不已,仿佛一只手要撕开你的眼帘。)

又是三秋满桂子,
又是十里见荷花。
嘤其鸣兮谁在唱,谁在唱?
——求其友声,求其好友声!

（传说中的石海螺被敲击三次，骚动的群山也被诱向海。

看那山水交融，跌宕起伏，看那海面越来越窄，把美丽的水纹挤上了天空——这是怎样的风景啊！）

又是秋叶寒枝树，
又是孤舟启程时。
有位伊人谁在唱，谁在唱？
——在水一方，就在水中央！

（痴情的女子日日都在山头望着，守候着恋人的归来。日复一日，女子也变成了一座山峰，它就是望夫石。

对面的河面仍是空寂寂的。望夫石每日就迎风立着，直到山周围都成了水。）

（低唱：有位伊人，在水一方。）

谁在唱，谁在唱？

唱？谁在支配着你呢？
情到深处为情唱——
知否？知否？情到深处人孤独！

草色青青，
草色青青是你我永世不变的年龄。
所有的年龄都汲取了你太多的少年泪，
借以擦亮我的眼睛，
眼睛里，饮血的陶醉，丛林大幅度摇摆。

树皮绽绿，鲜花将布满空气？
你，瀑布流水的处女，
全身都蜷缩在新婚的镜子里。

如同乌龟经常把头缩在肚子里，
我已习惯了等候——

又是秋叶寒枝树，
又是孤舟启程时。
我举杯遥天一祭，然后挥洒入大地，
一股陌生的哀号从胸腔中奔涌而出，
远处的天狼遥相呼应——

午后的枪声

一室沉静的寂寥
那是在秋日的午后
毫无来由地
我却听到了枪声
枪声里　子弹密集

子弹结满额头时
我注意到了你
端坐着却掩饰不住
静瑟贤淑的你

你是谁？
我曾经热切地期待
是那么微乎其微
像淌下的泪
三滴两点
轻轻地远离……

寂寥中　我感动于
午后的枪声
哪怕是轻微的一声
靠临山脚的一隅
发现有一顶黑色的帐篷
疲惫的脚步　长途的跋涉
我在一片牧花的荫影栖息

向西　有人生的驿站
还有　很远的路程

午后的枪声里
野火熊熊　熊熊地动
主动地动　毫不掩饰地动
带有煽动性地动
抒情诗里的每个字　都在动
动吧　有谁能无动于衷?

渴望是一种美丽的痛苦

渴望是一种美丽的痛苦
远离村落与人类
夜很深
安静而祥和
我啊
想着些旖旎故事
徐徐有致地落入曲折的心怀

夜风很急
吹走闷热的天气
可不胜寒的心事呢?
诗歌在哪里?
疯狂的月色慢慢湿润了尘世
天何其深远呵

银狐一闪即逝
爱情故事美丽而哀幽
风起兮
我的骨骼已经燃烧
你静于何处
像片安静的叶子
有谁能够如此细致
令我心伤

渴望你是一种美丽的痛苦

热爱令我满含病容
写诗的心
握住闪亮的语言将你倾诉
很亮很亮的一盏灯是谁的心呢

有一种无奈是由于等待

有
一种感觉叫作无奈
有一种无奈是由于等待

青春的箭镞在等待中变秃
纯情在等待中变为世故

厚茧在古墙上摩挲着老砖
太阳在诉说着小苗的故事

今夜有雨

有意　无意
带着丝丝狂风
和着绵绵细雨
铺天盖地
一颗脆弱的心
击得四裂

那是　晴天霹雳
戈壁青草
无情地吞噬
枯黄的梧桐叶
飘零在心头
昨夜月光朦胧
今夜便要下雨

那个女孩是你吗

是你吗
脱去厚厚的冬装
把自己打扮成整个春天

是你吗
靓丽的面容　活泼的声音
把我心中积存已久的晦气一扫而空
我敢保证
阴雨霏霏的日子也会因你而突然放晴

你是一个清脆的铃铛
敲开了所有尘封的日子
你是一团熊熊的火焰
每个人都因你红光满面

最后　请允许我
低低地问一声
那个女孩
是你吗

寂　寞

没有雷声
风在远方
雨滴
弹奏一支小曲
柳枝枯黄没有表情
心弦拨不响
湿漉的雨季
没有听众

点在心中的灯

点在路边的灯——叫作路灯
点在写字台上的灯——叫作台灯
那么
点在心中的灯呢?

我问夕阳，夕阳诡谲地躲在山后
我问新月，新月神秘地遮住了多半边脸

经过那个烈日的午后
我便开始乞求
乞求一个人　默默地
点燃我心中的那盏灯

直到有一天　她来了
轻轻地点燃我心中的灯
然后　又悄悄地走了

许多年后我才明白
点在心中的灯
是没有名字的

思　念

你姗姗而来
没有带一丝风

从亘古的中世纪
从无风的旷野

在一个多雾的冬季
你微笑着　向我走来

那时　你蒙着一层厚厚的面纱
步履间　重复着一个多情的梦

在一个阳光灿烂的日子里
你抖落了神秘的面纱

于是　你呼啸而来
像一阵没有预报的飓风

看　海

那天
你对我说
我们看海去

那是一个有太阳的日子

我说
我每天都在看海
你那明亮的眸子
是我永远的大海

那是一汪清澈的大海

叫我怎生想象

叫我怎生想象
在那风姿绰约的端庄中
你在冥冥中深藏一剑
令深秋的乍寒、攻读的艰辛
失陷在你秋水般的双眸中
静坐的端庄
掩饰在伊万儒雅的唇线里
啜食着千年沧桑的古苔

孜孜的探索
将你把玩成一块敛隐锋芒的浑圆青玉
人群里
谁——
会静止在粉红、娇弱、透明且昂然的
原初
我独要借诗还你
一分音韵
一分秋色

看　湖

古老的拱桥
被静静的湖面
劈为两半

上面的拱桥边
下面的拱桥边
都探出了
探出了一颗迷惘的头

下面的头
看着西天的夕阳
上面的头
看着水中的夕阳

一条鱼游过来
击碎了水中的夕阳
上面的头叹了口气
　　摇了摇
下面的头也跟着摇了摇

微　笑

微笑
是暖暖的阳光
在我心中流淌
流淌得有些发痒
高空
突降一股零下千度的寒流
霎时
微笑
停止了流淌
眼泪汪汪……

湖

你站在湖边
轻轻地梳着头发

湖底的我
悄悄地笑了

等信的日子

桃花含苞欲放的季节
我把心儿装进信封
一个整夜的踟蹰
黎明　匆匆投进信筒

那充满深情的信啊
至今才写过这么一封
那片深深的蔚蓝里
投下了石子一颗

等信的日子里
心被扯成了两半
一半辗转反侧
一半已去远行

雪莲，在天山之巅

据说
在天山之巅
有一枝美丽的雪莲

百年的雨露
悄悄地滋润它
滋润它娇嫩的玉躯
千年的日月
轻轻地抚摩它
抚摩它明媚的笑靥

它是有
你一样的颜色
你一样的芬芳
你一样的娇柔
娉婷又妩媚
妩媚又娇羞

风儿轻轻地吹过
它低低地吟唱
鸟儿喳喳地飞过
它呆呆地眺望

我发誓要
登上天山之巅

为你
为你采摘那枝美丽的雪莲
　　　　美丽如你的雪莲

据说
雪莲
在天山之巅

孤独的心

潇洒而去的
　　是你的背影
孤独而立的
　　是我的心
曾千百次拒绝
终也逃不过
只好
　　掬一把相思
挥洒入天际
让孤独的心
　　再次孤独

潇湘夜雨

那夜的月光
仿佛也在叮当叮当地响着
透过柳梢
一丝丝地缠打在我的身上

那是初春二月
一个凉而不爽的季节
往往就是这种时令
让人深夜体会潇湘夜雨

是的，让你又激动又伤心的
是偏偏在这个时候、这个地点
想起了
潇湘夜雨

轻柔的声音寂灭后
音乐将在回忆中荡漾
甘美的紫罗兰枯萎后
敏感的嗅觉中缭绕花香……

同样的
你消逝后
思念将长眠于眷恋之乡

忽然　有东西

落在你的身上
当时你兀以为
那是树枝飘落的潇湘夜雨
不知何时
你终于惊异地察觉
莫非那不是潇湘夜雨
那隐瞒你久久的
原来是美丽的春花